숨비소리

숨비소리

2024년 10월 31일 초판 1쇄 인쇄 발행

지 은 이 ㅣ 김소희
표지작품 ㅣ 김소애
내지시화 ㅣ 김성운
펴 낸 이 ㅣ 박종래
펴 낸 곳 ㅣ 도서출판 명성서림

등록번호 ㅣ 301-2014-013
주   소 ㅣ 04625 서울시 중구 필동로 6 (2, 3층)
대표전화 ㅣ 02)2277-2800
팩   스 ㅣ 02)2277-8945
이 메 일 ㅣ msprint8944@naver.com

값 18,000원
ISBN 979-11-94200-32-1

숨비소리

김소희 시집

도서 출판 명성서림

Kim S.H

자신의 삶이 용해된 체험의 작품들

김소희 시인은 가난과 가난한 사람들에 대한 애틋한 감정을 지닌 시인입니다. 빈한한 사람들의 아픔에 공감하고 그들의 슬픔에 동감합니다. 「현정이네 여섯 숟가락」, 「달동네 눈 오는 날」, 「오 캘커타」에서 우리는 시인의 깊은 시름을 맛볼 수 있습니다. 그러면서도 시인은 "스스로 택한 가난은 / 돌담 사이로 부는 솔향기" 같다고 노래합니다(「마음 그릇」).

김소희 시인은 부도덕과 비정상적인 애정관계에 대해서는 조용하게 원망하고, 그러면서도 무거운 질타를 발하는 시인입니다. 「소돔과 고모라의 시장에서」와 「또 하나의 사랑」에서 우리는 시인의 노여움과 역겨움을 강하게 느낄 수 있습니다.

김소희 시인은 타고난 모성을 지극히 아름답고 정제된 표현으로 노래하는 시인이자 자애로운 어머니입니다. 「바다와 보석」, 「어머니」, 「어머니, 당신으로 말미암아」, 「부뚜막과 운동화」, 「나의 사랑, 나의 어여쁜 딸아」, 「아들아」, 「아이들아」를 읽으면 시인의 모성 예찬에 조용한 공감의 몸짓을 하지 않을 수 없습니다.

김소희 시인은 인생의 그리움과 외로움을 피부로 느끼고 마음으로 겪은 시인입니다. 「고독」, 「별이 빛나는 밤에」, 「추억」, 「그리움 짙게 피어오르고」, 「나뭇가지 끝에 걸린 그리움」에서 우리는 시인의 절절한 고독과 함께 그 고독을 어떻게 이겨내고 견뎌내는지를 느끼게 됩니다. 또한 「광야에서」(29쪽)와 같은 시는 인생의 빈 들판을 홀로 걸어본 사람이 아니고서는 결코 부를 수 없는 노래요, 자신의 삶이 용해溶解된 체험의 작품인데, 이 시집에 수록된 많은 시들이 이런 유의 작품들입니다.

김소희 시인은 꽃을 사랑하고 꽃을 노래하는 시인입니다. 일상의 주변에 흩어져 있는 거의 모든 초목들에 대하여 끊임없이 애정을 느끼고 그 모양을 관찰하는 시인입니다. 거기에는 「동백꽃」, 「매화」, 「산수유꽃」, 「들꽃」이 포함되어 있고, 찔레꽃, 라일락, 민들레, 클로버와 삼나무, 대추나무, 산벚꽃 등이 시인이 노래하는 가사에 담겨 있습니다.

무엇보다도 김소희 시인은 인생을 신앙으로 살아가는 시인입니다. 그리움을 소망으로 극복하고, 외로움을 기도로써 이겨내고, 고난이 주는 눈물과 아픔과 쓰라림을 신앙으로 탈바꿈시킴으로써 그것들이 주는 교훈과 유익을 상찬賞讚하며 살아가는 시인입니다. 「하나님의 도리깨질」과 「고난의 터널」에서 우리는 시인이 얼마나 원숙하고 고매한 신앙의 수준에 올라 있는지를 느끼게 되고, 「고난 예찬」에서는 시인은 범인들이 다다를 수 없는 높은 경지에 올라 있음을 실감하게 합니다.

김소희 시인은 기도하는 시인입니다. 제4부에 수록된 여러 기도시들은 그녀가 얼마나 성실하게 기도하면서 살아가는 여인인지를 보여줍니다. 시인은 고난 가운데서도 기도하고, 고독할 때도 기도하며, 새로운 시간이나 계기를 만날 때마다 기도합니다. 기도는 그녀의 호흡이요, 피난처이며, 새로운 힘의 근원입니다.

「그 누가」(32쪽)라는 시에서 독자들은 시인의 표현이 얼마나 원숙한지를 느끼게 될 것이고, 「숨비소리」(42쪽)라는 시를 읽으면 사람의 욕심이 얼마나 끈질기고 미련하고 위험한 것인지를 가슴 깊이 새기게 될 것입니다.

끝으로, 김소희 시인은 세상의 이곳저곳을 여행하고 시찰하는 자유로운 영혼의 시인입니다. 그래서 가는 곳마다 특이한 현상들을 노래하고 읊조리는 자연 시인입니다. 그러면서도 시인의 모든 작품에는 간절함과 진지함이 배어 있습니다.

이 시집의 독자들은 이와 같은 취향과 특징들을 지닌 김소희 시인의 시 세계에 같이 공감하면서, 다른 시인들에게서 느끼지 못하는 정서와 신앙을 발견하게 될 것입니다. 이 시집의 저자와 독자들 위에 하늘의 영감과 축복이 함께하기를 기원하면서 추천의 글을 맺습니다.

2024. 8. 27.

남 대 극
국제문인협회 부이사장
신학박사, 전 삼육대 총장

시인의 말

호기심과 궁금증이 많은 나는 은퇴후 다양한 취미활동을 했다 서예에 푹빠져 지내기도 했고 한일 공동시민 뮤지컬을 몇년간 하기도 했다. 뮤지컬을 하면서 춤의 세계를 알게되어 다양한 댄스를 배우기도 하고 105일간 남극을 포함한 남반부 세계일주를 하기도 했다.

시낭송에도 빠져들어 아직도 공부하고 있는 중이다 학창시절 못해본 예체능학교에 다닌다는 마음으로 배우며 즐기고 있다.

최근 몇년간은 8시간의 긴 수술 끝에 C 코드를 달고 1년에 거의 반 정도를 요양병원에서 지내고 있다.

이러다보니 집도 없이 여기저기 떠돌아 다니던 나의 불쌍한 시들을 위해 이제서야 집을 마련하게 되었다.
그동안 시낭송 공부한 것도
영상으로 만들어 큐알코드로 시집에 함께 넣었다.
부끄럽지만 지금까지 살아온 나의 고백이며 삶의 흔적들이다.

부족한 나의 시집에 귀한 재능 기부를 해주신 김성운 교수님과 김소애 화가에게 깊은 감사를 드린다.

시낭송 영상을 정성껏 제작해주신 송성인 사진 작가님과 이 영상을 큐알코드로 시집에 넣어주신 명성출판사 박종래 대표님께도 깊은 감사를 드린다.

그리고 마지막으로 부족함이 많은 나의 시들을 따스한 눈길로 바라봐주시고 격려의 글을 써주신 전)삼육대학 총장님께 존경과 감사의 마음을 전하고 싶다.

세상이 나를 버릴때에도 세상을 버리지 않고 살아온 나에게 가만히 말해본다.
그래, 괜찮아. 여기까지 잘 왔어.

영혼의 새암에서 퍼올리는 맑은 시를 쓰다가 시처럼 살다갈 수 있다면...
들판을 적시며 흐르는 강물처럼 영혼을 적시며 흐르다가 바다로 가고 싶다.

2024년 8월 밴쿠버에서
김소희

차 례

05 ─ 추천사
08 ─ 시인의 말

1부 인생쿠키

17 ─ 마지막 여물
18 ─ 현정이네 여섯 숟가락
19 ─ 달동네 눈 오는 날
20 ─ 두만강 심청이
21 ─ 시바카시의 축제
23 ─ 오, 캘커타여
24 ─ 소돔과 고모라의 시장에서
25 ─ 또 하나의 사랑
26 ─ 교통사고
27 ─ 인생 쿠키
28 ─ 아침
29 ─ 바다와 보석
30 ─ 광야에서

31 ― 완행열차

32 ― 생의 한가운데서

33 ― 고독

34 ― 그 누가

35 ― 너와 나

36 ― 마음 그릇

37 ― 감사의 날

38 ― 하늘이 열리는 날

39 ― 하루살이처럼

40 ― 비 오는 날의 수채화

41 ― 몽골로 가자 아니 아라비아로 가자

42 ― 용서

44 ― 숨비소리

45 ― 어머니

46 ― 어머니, 당신으로 말미암아

47 ― 부뚜막과 운동화

48 ― 나의 사랑 나의 어여쁜 딸아

49 ― 아들아

50 ― 아이들아

51 ― 친구여

52 ― 순두부 우정

53 ― 떼기로 한다

54 ― 오십 고개 넘으니

55 ― 가장 좋은 것은 아직 오지 않았다

2부 봄을 납치하다

59 — 동백꽃

60 — 매화

61 — 산수유꽃 대궐

62 — 들꽃

64 — 어느 봄날

65 — 봄의 잔치

66 — 4월의 신부

67 — 봄바람

68 — 봄을 납치하다

69 — 중랑천 뚝방 길

70 — 제주의 봄

71 — 서귀포 치유의 숲

72 — 가파도加波島

73 — 대평리 박수기정에서

74 — 가을 아침

75 — 늦가을

76 — 가을 나그네

77 — 벼락 맞은 대추나무

79 — 겨울 풍경

80 — 선운산

81 — 사량도 지리망산

82 — 천수만 폐선

84 — 남설악 주전계곡

86 — 골목길

3부 나뭇가지 끝에 걸린 그리움

89 — 틈새

90 — 인연

91 — 그리움은 노을처럼 번져가고

93 — 당신은 겨울 바다에 등대입니다

94 — 그 사람

95 — 별이 빛나는 밤에

96 — 봄빛으로 오시는 이여

97 — 봄빛 여울 안고 달려오는 당신

99 — 단풍 연가

100 — 추억

101 — 늦가을의 노래

103 — 바람, 그리고 탑

105 — 나뭇가지 끝에 걸린 그리움

106 — 사랑 타령

108 — 사랑하는 이여

109 — 그리움 짙게 피어오르고

110 — 그대

111 — 바람 부는 날

4부 밤중 노래

115 ── 주여 슬픔 크옵니다

117 ── 오늘 아침

118 ── 밤중 노래

119 ── 고난 예찬

120 ── 하나님의 도리깨질

121 ── 별 하나 고이 묻으신 당신

122 ── 고난의 터널

123 ── 나는 죄인

124 ── 가을의 기도

126 ── 내 고향 하늘

128 ── 주님은 비가 되어 오시네

132 ── 주여, 비옵나니 (Ⅰ)

135 ── 주여, 비옵나니 (Ⅱ)

136 ── 당신의 침묵 (Ⅰ)

137 ── 침묵 (Ⅱ)

138 ── 침묵 (Ⅲ)

139 ── 내가 고통받기 전에는

140 ── 나누게 하소서

142 ── 설날에 내리는 눈

143 ── 새해에는

1부

인생쿠키

김소희 시, 인생쿠키
SUNGWOON 2011

마지막 여물

얼룩빼기 황소의 울음소리
농부의 눈물과 함께 멀어져 간다
송아지 팔아서
아들 공부 시켰으니
콩을 덜어서 마지막 여물을 준비한다
"배불리 먹고 가라"
"잘 가거라"
구제역에 소도 울고 농부도 우는 저녁

현정이네 여섯 숟가락

가을볕 내리쬐는
현정이네 여섯 숟가락
생일, 명절이 제일 싫은 여섯 숟가락

오늘도
아이는 행복한 밥상 차리는
요리사의 꿈을 꾸고
정부 보조금을 받기 위해 딸과 사위 호적을
말소시킨 할머니
정부 보조금으로 눈물과 한숨 섞어 밥을 짓는다

올해도
추석은 어김없이 다가오고
슬픈 여섯 숟가락에
집 나간 엄마 얼굴 어른거린다

한가위 달은 차오르는데
여섯 숟가락은 근심이 커 간다

"할머니 울지마"
여섯 숟가락에 쓰인 슬픈 글씨

달동네 눈 오는 날

비좁은 언덕길 돌아가면
지친 어깨 서로 기대듯
낡은 집들 다닥다닥 붙어 있다

겨울바람
문풍지 가늘게 흔들며
말린 해산물처럼 주름진 노인의
숭숭 구멍 뚫린 뱃속으로 스며든다

세상에서 밀려난 소리들이
유령처럼 따각따각 걸어온다
가슴 아픈 노인의 잔기침 소리
리어카 바퀴를 붙들고 늘어진다

두만강 심청이

앞 못 보는 어머니
굶어 죽어 가는 남동생 위해
조선의 딸이 팔려 간다
두만강 매서운 칼바람에
갈대도 비명 지르는데 울음 삼키며
중국 농촌 노총각 씨받이로 팔려 간다
스무 살 꽃다운 나이
겉옷도 입지 못하고 낯선 사내 손에 이끌려
강을 건넌다
검푸른 두만강
바람과 달빛 일렁이고
쏟아지는 달빛에도 강 건너 마을은
어둠에 잠겨 있다
조선의 딸이 숨죽이며 강을 건넌다

시바카시의 축제

밤마다
화려한 불꽃 축제
고사리손으로 만들어진 화려한 폭죽
365일 축제의 도시, 폭죽의 도시 시바카시
밤하늘엔 수백 가지의 불꽃이 하늘을 수놓고
구경꾼들의 환호성이 터진다

폭죽 터질 때마다 폭죽 만든 아이들의
울음도 터지고
불꽃이 스러져 간 뒷골목은
불꽃처럼 사그라지는 아이들의 신음 소리
가난과 빚에 내몰려 폭죽 만들다 시들어 가는
아이들
오늘도 시바카시의 축제의 밤은 깊어가고
아이들의 시름도 깊어 간다

* 시바카시 : 인도 남부 타밀라두州 제2의 도시. 마두라이에서 80킬로 서쪽 도시 인도 폭죽 산
  업의 중심지. 폭죽 공장 549곳

오, 캘커타여

인력거와 자전거, 오토바이
자동차와 전차 버스 사이로 비쩍 마른 소와
말들이 유유히 지나간다
때 낀 손을 내미는 맨발의 아이
남루한 여인의 팔에는 빨래처럼
아기가 축 처져 있다
테레사 수녀의 죽어 가는 사람들의 집은
이승에서 저승으로 건너가는 다리인가
오늘도
희생양의 피는 칼리신에 뿌려지고
도티 아래로 북어 같은 다리를 내민 채
인력거는 맨발로 달린다
타임캡슐을 연 듯 캘커타는
거대한 갠지스 강물을 무심하게 흐르고 있다

* 칼리신 : 캘커타(콜카타)의 수호 여신. 의식 올릴 때 산 제물을 바침
* 도티 : 인도 남자들이 입는 옷으로 천으로 둘둘 감아 바짓가랑이 사이로 엮어 만든 옷

소돔과 고모라의 시장에서

순간의 쾌락을 위해
영혼을 판 껍데기들이 웅성웅성 걸어간다
돈의 위력에
몸뚱아리 팔아버린 마네킹들이 걸어간다
명예를 위해 학위를 사고
권력을 위해 양심을 팔고
살기 위해 장기도 꺼내 파는
소돔과 고모라의 시장
네온 불빛은 요란한데
아무리 찾아보아도
마음 설 자리가 없네

또 하나의 사랑

"다양한 젠더"
"위풍당당 퀴어 행복"
"또 하나의 사랑"
"우리 좀 가만 내버려 둘 수 없겠니?"

현수막도 요란한데 온몸에 써 붙이고
게이와 레즈비언
남장여자, 여장남자들이 기괴한 모습을 하고
사물놀이 꽹과리 떼 앞세우고 행진한다
종로 거리 비를 맞으며
행인들의 따가운 시선을 받으며
포승줄에 묶여 가는 포로들처럼 긴 행렬을 이어 간다
하늘은 천둥 번개 치며 비 쏟아지는데
위풍당당하지 않은 젊은 그들
또 하나의 사랑을 외치며 간다

교통사고

교통사고가 났다
백주 대낮에
사고 낸 차는 뺑소니치고
사람들 모여 쑥덕거린다
"누구 잘못이래?"

멀쩡히 안전 운행하던 차의 기사는
온몸이 피투성이 되어 신음하는데
사람들 모여 웅성거린다

"어떻게 된 거야"

속도위반에 한눈팔다 중앙선 침범하여
멀쩡한 차 들이받고 뺑소니쳤는데
사람들 모여 수군댄다
교통사고는
'쌍방 과실이래'

피투성이 된 피해 운전자는 신음하는데
응급처치 생각 없이
잘잘못만 따지며
구경꾼들 구경하고 있다

인생 쿠키

꿈과 희망의 밀가루에
온유와 겸손을 섞고
미소의 향기 살짝 넣어
진실과 성실로 반죽하여
인내의 방망이로 밀어서
지혜와 용기로 만들어진
기다림의 오븐에 넣어
위로와 격려의 그릇에 담아
고향의 추억의 냄새를 맡으며
사랑과 감사로 먹을 때
은혜와 평화가 충만하리라

김소희 시, 인생쿠키
SUNG WOON 2011

아침

하루 문을 여는 시간
고단한 기지개를 켜고
여기저기서 인기척이 들린다

어둠과 이야기 나누던 이슬이
이별을 한다

풀은 돌을 밀어 올리고
나뭇가지 끝의 바람 둥지를 튼다

온 것은 가는 것
아픔도 슬픔도 간다

눈발 속에서 피어나는 동백처럼
이 아침
솟아오른 해의 투명한 햇살로 헹구고 싶다

바다와 보석

바다는 어머니의 눈물
이 세상 모든 어머니의 눈물
애간장 녹아내린 짜디짠 액체

자식은 어머니의 보석
심연의 바다에서 건져 올린 보석
눈물의 바다에서 영근 진주알

영롱한 그 모습 보려고
어머니는 그토록 많은 눈물 쏟아 내었나

오늘도
바다는 수많은 보석을 잉태한 채
찬란히 빛날 그날 위해 침묵하고 있구나

광야에서

광야에 홀로 서 본 적이 있는가
바람 부는 빈 들판에
홀로 있어 본 사람은 안다

눈물은 진주가 되더라
아픔과 상처는 그 자리에 앉아
반짝반짝 빛나더라

서슬 푸른 욕망이 꺾인 자리에 새싹이 돋더라
꽃잎 떨어져 아픈 자리에 열매가 앉더라
휘몰아치는 태풍 속에서 세미한 음성 들리더라
나를 키운 것은
광야와 태풍이더라

완행열차

뜰의 풋과일도
매일 하루치만큼 커 가는 유월
하루치씩 햇빛으로 익어 가는 열매
하루치 만나로 살아가는 우리
완행열차도, 급행열차도 도착지는 한곳

창밖에는
고향 같은 마을이 다가왔다 멀어져 가고
강물도 굽이굽이 흐르며
경치를 구경하며 가는데
오늘도
우리만 종종걸음 치는가
완행열차 차창에 기대어
먼 하늘 바라본다

* 만나 : 모세를 따라 이집트를 탈출한 이스라엘인이 아라비아의 황야를 방황 중 기적적으로
  공급된 식물들을 말하며 하늘이 내린 식물이란 의미에서 – 만나

생의 한가운데서

한 슬픔이 문을 닫으면
또 한 슬픔이 문을 연다

뚝 끊긴
생의 절벽 앞에서
자갈밭에서
터널 안에서....

우리를 가르치는 건 언제나 시간
우리 생의 절반은 어둠의 시간

삭이고 또 삭여도 가슴 응어리로 남은 세월
녹슨 못 자국 빼곡히 박힌 낡은 문짝처럼
흐린 못물 자국 같은 생의 멍울 안고 걸어온 사람들
상처 깊숙이서 영혼은 성숙하고
상처 많은 꽃잎이 가장 향기롭다

고독

저마다 허상의 그림자를 이끌고
일상 밖 일탈을 향해 휘적휘적 걷고 있다
홀로 있음에 보이고
홀로 있음에 들리며
홀로 있음에 모두가 맑아지는 것

때로는 고독 속에
잘게 저며진 일상을 불러일으켜
때때로
혼자 있어 볼 일이다

여백이 있는
동양화의 넉넉한 풍경 속으로
가끔은 걸어 들어가 볼 일이다

그러고도 그러고도
고독한 날엔
의미 없는 눈빛으로
마냥 구름만을 볼 일이다

그 누가

그 누가
해진 옷을 벗어버리듯
가난의 굴레 벗을 수 있겠는가

그 누가
감자 껍질 벗기듯
영혼의 때 벗길 수 있겠는가

그 누가
묵은 달력 떼어 버리듯
뜬소문 옛 생각 떨쳐버릴 수 있겠는가

그 누가
서리서리 맺힌 한을
여인의 옷고름 풀 듯이 술술 풀 수 있겠는가

너와 나

하늘에 떠도는 구름이다
바람에 흔들리는 들풀이다
빗살무늬 햇살에 떠 있는 먼지
그리고
끝은 아무것도 아니다
너도나도 아무것도 아닌 것
잣나무 밑동
한 줌 흙으로 돌아갈
덧없는 인생

마음 그릇

스스로 선택한 가난은
돌담 사이로 부는 솔향기 같아라
찾아온 고난을 받아들임은
낡은 껍질 벗고 다시 태어남 같아라

폭우가 쏟아지는 슬픔도
햇살이 쏟아지는 기쁨도
악한 이와 선한 이에게 고루 내리는 하나님의 은혜

독사가 먹으면 독을 만들고
양이 먹으면 젖을 만들 듯
내 마음 그릇 준비함 같아라

마음 비울수록 자유로워지고
마음 닦을수록 아름다워지나니

빈 마음에 고향을 주워 담고
그윽한 바람에 내 마음 실어 보낸다

감사의 날

고맙다는 문을 통해 들어오는
저 빛을 보아요
영혼이 눈 뜬 멋진 날이에요
이보다 좋을 수 없는 하루

쏟아져 들어오는 생기의 빛
평화와 행복의 빛을 보아요
두려움과 분노
고통을 녹이는 저 빛을 보아요

감사는 선물이에요
만족한 삶을 열어주는 열쇠
비밀의 화원을 여는 열쇠랍니다
허기진 영혼을 채우고
마음을 충만케 하네요
영혼을 성숙게 하고 눈부시게 하네요

땅에서 뿜어내는
저 황금빛 기운을 보아요
온 대지가 나의 집
온 산과 들판, 푸른 하늘과 바다도 내 것이랍니다
코끝에 스미는 풀 냄새, 장미 향기도 내 것이랍니다

하늘이 열리는 날

안개 망사를 젖히고 하늘의 문을 연다
구김살 없는 햇빛이
아낌없이 축복을 쏟아내면
하늘이 열린다
새로운 하늘이 열린다

한쪽 문을 닫으면
다른 문이 열리고
길이 끝나는 곳에
또 다른 길이 있듯이

세상이 나를 버릴 때
세상을 버리지 않고 살아온 나에게
하늘 문이 열린다

하루살이처럼

하루살이처럼 하루를 살다 간다면
무엇이 그리 많아야 하는가
오늘이 마지막 날이라면
그리 언성 높일 일 있는가
하늘에서 내린 만나* 하루 지나면 사라지듯
욕심 그릇 크면 무엇하는가

하루살이
하루 살다 가는 것처럼
내일 또 하루살이로 태어나
오늘을 살고 싶네

* 만나 : 이스라엘 백성이 광야 40년 방랑 생활 동안 하나님으로부터 공급받았던 특별한 양식

비 오는 날의 수채화

누구나 아픈 사연 하나쯤
가슴 한 켠에 묻어두고 산다
콜롬비아호* 너머로
초록 빛깔의 지구가 아름답게 빛나듯
눈물과 탄식과 슬픔은
별이 되고 꽃이 되고 비가 된다
우리의 삶이란
구름 속에 떠돌며 묻혀 온
희로애락의 찌꺼기들이다
하늘이 눈시울을 적신다
허무의 생명줄 위에 발 딛고 서 있는
밤새 울며 지나간 영혼의 발자국이다
눈물 같은 비가 그치고
빗물 같은 눈물 그치면
가슴 아픈 영혼에도 무지개 뜨겠지

* 콜롬비아호 : 1981년 4월 21일 실제 임무로 발사된 최초의 우주왕복선

몽골로 가자 아니 아라비아로 가자

해와 달과 모래와 별밖에 본 일이 없는
낙타를 보고 싶다
그 낙타가 선한 눈을 끔벅이며
뚜벅뚜벅 사막의 모래 언덕을 오르는 모습을
보고 싶은 것이다

세상사 아무것도 모르고
아무것도 본 적이 없는
낙타를 보러 몽골로 가자, 아니 아라비아로 가자

아무것도 모르고 산 사람처럼
아무것도 안 보고 산 사람처럼
마치 낙타의 오랜 친구인 양
낙타를 보러 아라비아로 가자
거기서
쏟아지는 별은 덤으로 볼 수 있을 것이다

용서

돈과 권력에 가스라이팅 당하던 세포들이
견디다 못해 숨어 버린다
피하는 길만이 살길이라고 몇 년 동안 땅굴 파더니
마침내 바닥을 친 듯 튀어 오른다
더 이상 숨지 않으리
지치고 상처받은 세포들의 반란이다
가슴 속에 응어리져 똘똘 뭉친다
참는 것이 살길이고 미덕이라 세뇌된
세포들이 변했다

급기야는 메스를 댄다
전멸이다
잠잠하다
벤허*를 본다
파도가 지나간 자리*를 본다

'저들은 저희 죄를 모르오니 용서하여 주소서'
'용서는 한 번이면 되지만 증오는 수없이
해야 하니까 용서한다'

세포들은 비로소 평화로워진다
갈보리 언덕에 십자가 바라보고
손에 쥔 돌멩이 하나 가만히 내려놓는다

* 벤허 : 영화 (티무르 베크맘베토브 감독)
* 파도가 지나간 자리 : 영화 (데릭 시엔프랜스 감독)

숨비소리

호오이익~
휴아아아~
숨비소리다
나이 든 해녀 길례가
젊은 것들에게 당부한다
욕심내지 말고 딱 너의 숨만큼만 있다가 오거라
울산서 흘러들어온
물질 배운 지 삼 년 된 젊은 옥녀가
바닷속 바위틈에 손바닥만한 전복을 보고
욕심을 낸다
8할 숨이 이미 소진되어 솟구쳐 올라가야 하는데
괜한 욕심으로 바위틈에 갈고리를 뻗는다
거듭되는 헛 갈고리질에 9할 숨 소진되어도
미련 버리지 못하고 전복과 사투를 벌인다
9할 5부 숨이 소진되는데 손이 바위 틈새에 끼었다
당황하여 몸부림치다 살점 떨어지고
바다는 핏빛으로 물든다
완전 소진된 숨에
눈알이 튀어나오고 의식을 잃는다
주인 잃은 테왁만 저 홀로 바다에
둥둥 떠 있다

Kim S.A

어머니

알맹이 쏘옥 빼내어
자식에게 내어 주고 검불만 남은 어머니
콩을 하나씩 내어 보내고
마른 콩깍지 되신 어머니
허파 하나 바람에게 내주어
자식은 어머니 걱정인데
자식 걱정 끊임없으시더니
오늘 새벽에 잔기침하시며
자식 걱정 두 손 모으시네

어머니, 당신으로 말미암아

어머니
당신의 손길로
많은 가슴이 따뜻했습니다
당신의 솜씨로
많은 사람이 배불렀습니다
당신의 말씀으로
많은 영혼이 용기를 얻었고
당신의 기도로
많은 사람이 복을 받았습니다
당신의 너그러우심으로
많은 가슴이 부드러워졌습니다

어머니
당신으로 말미암아
오늘은 우리가 이렇게 꿋꿋하게 살고 있습니다

부뚜막과 운동화

한겨울 엄니는 부뚜막에
닦은 운동화들을 나란히 세워두었다 밤사이 문수가 다른 운동화엔
별들이 빼꼼히 열린 부엌 문새로
들어와 앉기도 하고 달빛이 고여 있기도 했다
때론 눈이 쌀가루처럼
들어 있기도 했다
신발 주인들이 곤히 잠들어 있는 새벽 엄니는 장독대에
정한수 한사발 떠놓고 문수 다른 신발 주인을 위해 손바닥 비비시
며 기도하셨다
기도 소리를 다 들은 신발들은 차례로 부뚜막에 옮겨졌다 아침이면
식구들은 운동화 속에 고인 별빛이며 달빛 그리고 눈을 털어 신고
각자의 일터로 갔다

나의 사랑 나의 어여쁜 딸아

아장아장 걷던 네가
어느새 믿음직한 신랑 만나 꽃잠 자고
아기 엄마 되는구나
나의 꽹이, 나의 강아지
내게로 와 나의 딸이 되어 주어 행복하다
너는 나의 기쁨, 나의 자랑, 내 삶의 원동력
내 존재의 이유
착하고 곱게 자라 어여쁜 신부 되고
고임 받는 며느리 아기 엄마 되는구나
태어날 우리 손주
더도 말고 덜도 말고 우리 딸만 같아라

아들아

백 년 묵은 거북이 꿈에 뵈더니
그게 바로 너였단다
이리 보고 웃고 저리 보고 웃고
온 식구 너만 바라보니
샘이 나던 누나가, 몰래 쥐어박고 꼬집었단다
파리만 봐도 도망가고
해죽해죽 웃기만 하던 순둥이 아들
이제는 웃통 젖히며 왕王자 자랑하는
180cm 건장한 청년이 되었구나
태평양 건너 이역만리에서
엄마 건강 먼저 묻는 듬직한 아들이 되었구나
하나님 주신 선물 우리 집 기둥이 되었구나
기특한 우리 아들
더도 말고 덜도 말고 일당백만 하거라
욕심쟁이 간 큰 엄마 '으랴차차'장풍 보낸다

아이들아

윈일 저지르지 말그래이
볕 바르게 살그래이
샘바리 되지 말고 숫 사람 되그래이
돌라뱅이 치지 말그래이
편 가르지 말고 어우렁 더우렁 지내그래이
보 갚지 말고 부앗가심 하그래이

남의 나이 되고 보면 다 아무것도 아닌기라
비 내리는 날에도 풍덩거리며
씩씩하게 가그래이
어차피 다 젖으며 가는기라

* 윈일 : 잘못, 비행
* 볕 바르게 : 거리낌 없이
* 샘바리 : 샘이 심한 사람
* 숫사람 : 거짓이 없고 순진하여 어수룩한 사람
* 돌라방치다 : 무엇을 빼고 그 자리에 다른 것을 넣다
* 보 갚음 : 남이 해를 주었을 때 저도 그에게 해를 주는 일, 앙갚음
* 부앗가심 : 화를 누그러뜨리는 일
* 남의 나이 : 환갑이 지난 뒤의 나이

친구여

친구여
하늘이 이토록 푸르니
귀를 기울여 들어보라
이제 침묵을 깰 때가 되었다

멈춘 상태는 죽음을 의미하는 것
대화는 우리의 식탁처럼 소중한 것
퍼낼수록 맑아지는 샘물처럼
우리 마음의 물을 퍼내자
냉장고에서 얼어버린 물이 되지는 말자
돌멩이와 바위에 부딪히더라도
흐르는 시냇물이 되자

우리 아무것도 가진 것 없을지라도
이제 그만
낡은 안락의자에서 일어나
함께 걸어가자
친구여

순두부 우정

오십 넘긴 아낙네 넷
삼십 년 우정 변치 않고
태평양 건너온 친구 보러 뭉쳤다
물 좋은 신북 온천에서 목욕하고
허브아일랜드에서 향기로 씻는다
몸 씻고 마음 씻어 세상 더러움 닦아내니
아낙네 넷 날아갈 듯 부러운 것 없구려

삼 대째 내려오는 포천 할머니
순두부 맛 일품이라
보리밥 한 양푼에 순두부 한 냄비 뚝딱 비우니
이 또한 더없는 행복일세
고소하고 담백하고 순수하고 소박한
삼십 년 묵은 우리 동창생 우정
삼 대째 변함없는 순두부 맛 같구려

떼기로 한다

오십 고개 넘으니
꼬리표들이 아우성이다

맏딸 콤플렉스
모범생 콤플렉스
착한 여자 콤플렉스
현모양처 콤플렉스

'에라, 모르겠다'
견디다 못해 떼기로 한다
겨드랑이가 스멀스멀하더니
날개가 솟아난다

오십 고개 넘으니

오늘도 버리고 떠나기

오십 고개 넘으니
영원한 소유는 아무것도 없는 것을
광야 생활 50년에 욕심껏 몇 광주리 주워 담아도
하루면 아침 이슬처럼 사라져 버리는 만나인 것을
움켜쥐느라 고생한 것 어리석어
오늘도 나는 연습을 한다
버리고 떠나기

욕심을 버리고
훌훌 떠나는 연습을 한다
살아갈 날보다 살아온 날들이 더 많은
오십 고개 넘으니
버릴수록 가벼워지는 마음

빈손으로 왔다가 빈손으로 가는 길
혼자서 왔다가 혼자서 가는 길
바람처럼 왔다가 바람같이 가는 길
길동무 되어 준 모든 것에 감사하며
오늘도 버리고 떠나기

가장 좋은 것은 아직 오지 않았다

앞만 보며 달려왔다
5학년 육반
끊어진 길 위에서 길을 묻는다
젖은 낙엽 되어 여행을 시작한다

전반전엔 얻는 것이 승리라더니
후반전엔 버리는 것이 승리라 한다
게임의 법칙은 바뀌고 끊어진 길 위에 서 있다

털어 버리자
놓아 버리자
날아오르자

이제
나를 벗어버리고
세상에서 가장 아름다운 여행을 떠나자
아직도 가야 할 길이 있고
가장 좋은 것은 아직 오지 않았다

김소희시, 매화
SUNGWOON 2011

2부

봄을 납치하다

김소희 시,
동백꽃
Sungwoon 2011

동백꽃

툭 하고 스치기만 해도
물 젖은 스펀지처럼
눈물이 쏟아졌다
온 세상이 다 젖도록
울고 또 울었다

겨울바람
쉬어 가는 계곡에 숨어
울다가 울다가
피맺힌 꽃 한 송이 피워 올렸다

별도 아파야 반짝이듯이
아픈 사연 꽃잎에 새기고
빨갛게 빨갛게 핏물을 올렸다

매화

텅 빈 절집 풍경 소리 그윽하고
하오 넘긴 햇살마저 봄이 섞여 따스하네
툇마루에 동그마니 앉아 앞뜰 바라보니
아프게 겨울 비집고 고운 님 바삐 오셨네
분홍 잎 펼쳐 들고 하늘거리는 매화
앙증타 못해 차라리 애처로워라
기나긴 겨울의 끝자락 고운 님 소식에 뛰는 가슴
뉘라서 경망타 탓하리오

김소희씨, 매화
SUNGWOON2011

산수유꽃 대궐

잎 하나 없는 매끈한 가시마나
시리도록 샛노란 꽃
튀밥처럼 불꽃처럼 툭툭 터진다
아랫마을 윗마을 올망졸망 장독대
마을 앞 실개천도 봄 햇살 받은
산수유꽃 대궐
꽃길은
산을 잇고 마을을 잇고 실개천을 잇고
굽이굽이 도는 아리랑 길을 이어
지팡이 짚고 오는 꼬부랑 할머니 마음까지 오네

들꽃

발길에 차이고도
어찌 그리 소담한 꽃 피웠을까

금이야 옥이야
보살펴 주는 이 없건마는
어찌 그리 청초할까

산기슭에 쌓인 낙엽 헤치고
한 줌 햇살에 어여쁜 꽃 피웠네

스스로 피어나 귀한 대접 못 받아도
꽃잎마다 푸른 하늘 안았구나

모진 풍파 겪으며
고운 꽃 피워
보는 이 없어도
아침 이슬 달고 보석이 되었구나

김소희시, 야생화
SUNGWOON 2011

어느 봄날

저만치서
맨발의 봄이 깨금발로 다가와
어느새 들녘을 점령했다

봄 햇살은 바람과
돌담에서 속닥거리다
이내 강물에 몸을 섞고

시샘이 난 바람은
강물을 간지럽힌다

깔깔거리며 찰랑찰랑
반짝이는 저 물결 좀 봐

봄의 잔치

산마다 진달래 웃음소리
저 산골짜기 벚꽃
새순의 함성 들리는 들판
연보라 드레스 입은 라일락
봄비에 머리 감은 버드나무
4월에 안주인처럼 마당에 차려입은 목련
담벼락 살그머니 타고 오르는 장미
순박하고 슬픈 하얀 찔레꽃
차례차례 입장하는 꽃들의 잔치
봄은 어깨춤이 절로 나는구나
봄은 무도회로구나

4월의 신부

신록의 치마
산 벚꽃 저고리 받쳐 입고
사뿐히 걸어오는 너
보랏빛 라일락 향기 뿌리며
분홍빛 진달래 부케 들고
연둣빛 융단 밟고 오는가
오늘 밤
산허리 안개 이불 덮고
쏟아지는 별빛 아래 신방 차리렴

봄바람

햇살이 놀러 왔다
바람을 데리고 왔다
오늘은 햇살과 놀기로 한다
봄 햇살은 어깨에 내려앉아
나를 감싼다

귓볼을 간질이고 이마도 다듬고
손등을 어루만지고 볼을 부빈다

봄바람이 났다

봄을 납치하다

봄 길을 걷다가
민들레 꺾어 꽃반지 만들어
손가락에 끼웠다
라일락 향기 아카시아 향기는
코에 붙잡아 두고
뻐꾸기 소리, 소쩍새 소리
휘파람새, 쪽쪽새 소리는
귀에 붙잡아 두었다
봄을 납치해 버렸다

중랑천 뚝방 길

구름 차양 드리워진 하늘 아래
언뜻언뜻
축복처럼 빛줄기 쏟아져 내리고
오월의 미풍은 두 뺨을 스치는데
중랑천 물길 따라
야생화가 지천으로 피어 있다
강태공들 한가로이 낚싯대 드리우고
왜가리 한 마리 날아오른다
방울새도 종종걸음 치고
하얀 나비들 유채꽃과 입맞춤이 한창이다
행운의 네잎클로버 찾지 못해
행복의 세잎클로버만 뜯었다
여기저기 널려 있는 행복을 주워 담았다
저 멀리
인수봉으로 구름이 간다

제주의 봄

바람의 손이 구름 헤치니
봄볕이 숲을 쫓아다니며
꽃을 피게 한다

순하고 따스한 들판에 빛줄기 쏟아진다
밀감꽃 향기는 바람에 날리고
태고의 신비 주상절리, 외돌개
보멍, 가멍, 쉬멍
돌하르방 끌어안고 사진 찍는다

갈래 또 갈래
올레 또 올레
살래 제주에서
돌들도 정겨운 제주의 봄

* 보멍 – 보며, 가멍 – 가며, 쉬멍 – 쉬며 (제주방언)

김소희시,
오월의제주
SUNGWOON 2011

서귀포 치유의 숲

한라의 여신이 골고루 내려주는
아침 햇살로 세수하고
상큼한 바람으로 몸을 말린다

나무들은 발꿈치를 들고
물을 뿜어 올리고
잎들은 맑은 공기를 토해 내는 숲

바람이 가끔 숲에서 달려나온다
삶이란 원래 기막힌 것이라고
발밑에 밟히는 꽃들은 중얼거리고

시간이랑 다툼이 없는 숲에서
삶의 무게를 잠시 내려놓는다

열매도 맺지 않는 늘 푸른 자유의 나무
삼나무처럼
새롭게 태어나리라

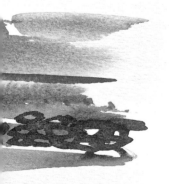

가파도 加波島

가오리가 넓적한 팔을 벌리며
푸른 바다를 헤엄치는 모습의 섬
하늘에 밑줄 친 수평선 너머로
마라도, 산방산, 한라산이 보인다
파도에 파도가 더해지는 섬

밤새 떨어진 별빛 배부르게 먹고 자란
가파도 청보리는 윤기가 흐르고
초록이 찰랑찰랑 차오르는 청보리밭
출렁이는 푸른 물결 바라보며
보리밭 사잇길로 걸어가다
쪽빛 바다로 그냥 들어가 버리는 섬

대평리 박수기정에서

대평리 저녁 바다 윤슬이 반짝이고 있다
바다에 거대한 물고기가 사는 듯
물비늘이 반짝인다
억겁의 절벽처럼 그 물고기도 바다에서
억겁을 살아온 듯....

아득한 삶의 절벽도 지나왔건만
때때로 삶은 막막하기만 하다
저 멀리 형제섬이 술잔을 앞에 두고
나란히 앉아 있다

형제섬 위 구름 사이로 노을이 진다
노을 따라 마음도 붉어지고
저녁 어스름이 내 빈속에 들어찬다
가지 않은 길
못다 한 사랑 가슴에 품고
지는 해를 그저 멍하니 보고 있다

* 박수기정 : 박수 – 바가지로 마실 샘물
* 기정 : 솟은 절벽. 낭떠러지
* 대평 : 제주도에 있는 마을. 옛날 이름 난드르 – 길고 평평한 들판

가을 아침

가을이 잘랑잘랑 걸어온다
제 가슴에 하나씩
사랑의 씨를 심는
구월이 문을 연다

명랑한 아침이
깡총발로 뛰어와서
잠든 것들을 깨운다

가을의 그윽한 이마 위에
햇살이 입을 맞춘다

산다는 것은 사랑하는 것인가?
사랑하는 것이 사는 것인가?

늦가을

늦가을
시린 달빛 밟으며
숭숭 구멍 뚫린 가슴으로
허깨비처럼 거리를 헤매는데

바람은
가기도 하고 오기도 하고
멈추기도 한다

길은
끝나는가 싶더니 다른 길로 이어지고

문은
닫히는가 싶더니 또 다른 문이 열리고
끝나는 듯 시작되고 닫히는 듯 열린다

가을 나그네

다시 못 올 가을 속으로 떠난다
지나가는 길섶마다 아린 눈물방울 떨구며
잎과 작별하는 나무들도
제 눈물 감추다 가을비에 서러운 눈물을 쏟아 낸다

까치밥으로 남은 감 하나
전깃줄에 홀로 앉은 새 한 마리
하얀 속살 드러내며 왔다 갔다 손짓하는 억새
가을은 이리도 외롭고 고요한 것인가

가을 속으로 들어간다
남루한 여정의 한 나그네
곡기를 끊듯 속세도 멀리하고
가을행 열차에 몸을 싣고 침잠하리니
무소식은 덤으로
그대여 잠시 안녕

벼락 맞은 대추나무

번개가 내리쳤다
가슴에 사정없이 큰 구멍이 났다
휑한 구멍에 바람이 둥지를 튼다
그렇게 바람과 불편한 동거가 시작되고
겨울이면 더없이 시큰거렸다
그래도
가을이면 새빨간 대추들을 매달고
뽐내고 서 있었다

김소희시. 겨울풍경
SUNGWOON 2011

겨울 풍경

유리창에 새하얀 성에 끼고
세숫대야에 손이 쩍쩍 들러붙는 겨울 오면
엄니는 부뚜막에 신발들 나란히 세워 두셨다

찬바람 문풍지 가늘게 흔들고
메밀묵 사려어 찹쌀 떠~억
골목길에 간간이 들려오는 겨울 오면
엄니는 아랫목 이불 속에 밥주발 묻어두셨다

떡살 같은 함박눈 소리 없이 쌓이고
골목길 어귀 눈사람 서 있는 겨울 오면
아랫목에 쪼르록 다리 묻고 싶어라

선운산

가슴 아픈 남녘 땅
다시는 밟지 않으리라 했건만
선운사 동백꽃
붉은 잎 뚝뚝 떨구며 안타까이 손짓하여
마음 한 가닥 꾹 눌러 접고 올라갔네

연둣빛 비단 필로 허리 두르고
산벚꽃 저고리 받쳐 입고
고운 자태 뽐내고 있는 그대
모퉁이 돌아서니 더덕 향기 풍겨 오고
하늘의 별 땅에 내려와 벚꽃 되어 앉아 있네

열두 폭 치마마다 굽이굽이 보물을 숨기고 있는 그대
봄비 머금은 운무 속 낙선대 올라
도솔암 굽어보고 병풍바위 바라보니
무릉도원이 여기로다

그대 너른 마음
그대 장엄함에
옹졸한 여인네 마음 한순간에 풀어지네

사량도 지리망산

통영 앞바다 수려한 뱃길
펄떡이는 물고기처럼
은물결 금물결 아침 햇살에 반짝거리고
점점이 떠 있는
섬. 섬. 섬....

칼바위 딛고
아찔한 절벽 끌어안으며
울음 울어 지리망산 오르니

산. 산. 산...
섬. 섬. 섬...
바람. 바람. 바람....
신선이 그려 놓은 산수화

님의 손 잡고 정상에 서니
험한 인생길 헤쳐 나온 듯 대견하구나
그대와 나
여기 이대로 머물다
여기 그대로
한 자락 구름에 실려 신선이 되었으며

* 지리망산 : 사량도에 있는 산. 멀리 지리산이 보인다 하여 지리망산이라 불림

천수만 폐선

철새들도 떠나 버린 천수만에
기관이 고장 난 배 두 척 이마를 맞댄 채 누워 있다
더 이상 밀려올 바닷물 없어
떠날 수 없는 배
쓴물 단물 다 빼먹은
노부부처럼
구멍 뚫린 심장 안고
허물어져 내린 몸 쓸쓸하구나

푸른 바다 헤치며
펄떡이다 은빛 금빛 물고기 떼
포구로 몰아오던 시절
구릿빛 근육이 자랑스러웠던
소형 어선 두 척

이제는
앙상한 펄에 누워
짓물러 흐린 눈으로
노을이 잠기는 먼바다 보고 있구나
산자락 따라 어둠이 내려와도 말이 없구나

김소희시 · 천수만폐선
SUNGWOON 2011

남설악 주전계곡

물길 따라 산길 따라
주전계곡 올라가니
용소폭포 흘러내려
에메랄드 연못 되고

선녀탕 맑은 물에 선녀는 간데없고
산천어만 목욕하네

하늘을 찌르는 알몸바위
부끄러워 구름 치마 두르고
바위틈 헤집고 선 벼랑 끝 아기 소나무
생명의 숭고함 내게 말하네

못 들을 소릴 듣고 냇물에 귀 씻은 선비처럼
나도야 남설악 맑은 물에 귀 씻어 볼까나

아픔, 슬픔, 흐르는 물에 띄워 보내고
선녀탕 너른 바위에 두 팔 벌리고 누워 볼까나

김소희시, 산이되다
SUNGWOON 2011

사랑 찾아다니다 지친 발
흐르는 물에 담가 볼까나

저 벼랑 끝 아기 소나무처럼
그래도 끝까지 살아 볼까나

골목길

다듬이 소리 뚝딱뚝딱
양철 지붕 빗소리 또닥 또르르 또닥 또르르
왁자지껄 학교 길에 비닐우산 맞대고 간다

조개탄 난로 위에 양은 도시락
비탈길 골목에 하얀 연탄재
공동수도 물장수 물지게는 춤을 추고
좁다란 골목길엔 시끌벅적 왁자지껄 아이들 소리
고무줄, 공기, 오자미, 다방구
자치기, 제기차기, 비석치기, 사방치기
땅따먹기, 말뚝박기, 술래잡기, 딱지치기에
해 가는 줄 모른다

"얘, 얘, 애들 나와라
남자는 필요 없고 여자 나와라"

구제품 치마 입고도 좋아했고
새 운동화 품에 안고 걸었다

3부

나뭇가지 끝에 걸린 그리움

틈새

보도블록 틈새 비집고
노란 민들레 피었네
내 가슴 틈새로 그대 떨어져
아무도 모르게 꽃을 피웠네
나도 그대 틈새에 들어가
꽃을 피우고 싶다

아!
나는 알았네
꽃 한 송이 피우는 데 많은
땅이 필요하지 않다는 것을
작은 틈새도 제 할 일이 있다는 것을

인연

당신은
나뭇잎 파르르 떨게 하는
한 소절 산새 울음인가요
나뭇잎의 겨드랑이 간질이다 떠나는 바람인가요
아침 한나절 풀잎 끝에 쉬었다 가는 이슬인가요
호수에 머물다 가는 구름인가요

아!
당신은 때가 되면 먼 길 떠나는 철새인가요
벗어 놓은 신발에 잠시 고여 있는 달빛인가요
먼 우주에서 오랜 세월 다하여 다가온 별빛인가요
우리의 인연 기찻길이라 하여도
당신이 내 곁에 머무는 지금은 37.5도입니다

그리움은 노을처럼 번져가고

노을은 온 하늘 붉게 물들이고
그리움은 노을처럼 번져 가는데
지는 해는 바닷속에 몸을 감추고
하늘과 바다는 서로 껴안고 있구나
가락이 장단을 만나고
구름이 비를 만나듯
내 언제나 님을 만나 얼크러질꼬
눈을 뜨면 안개 같은 당신
눈 감으면 또렷하니
차라리 눈 감겠습니다

김소희 시, 그리움은 노을처럼
SUNGWOON 2019

당신은 겨울 바다에 등대입니다

가마솥에 들끓넌 고동도
당신 앞에 서면 고요히 잦아듭니다
호박잎에 청개구리 뛰어오르듯 동동거리다가도
당신 앞에 서면 살며시 찾아드는 평안
바람이 나뭇가지 흔들어 놓듯
가만히 내 마음도 흔듭니다
당신은
겨울 바다에 등대입니다

그 사람

쓸쓸한 겨울 아침
장독대에 눈이 되어 왔습니다
아직 이른 봄
아지랑이 피어오르듯
내 가슴에 피어올랐습니다
어느 여름날
소낙비 퍼붓듯이 내 온몸을 적시더니
가을밤 하늘에 별처럼 내 가슴에 박혀버렸습니다.

별이 빛나는 밤에

별들이 마실 왔다고
창문을 두드린다
그대 생각에 잠 못 이룬 나를
한밤중에 가만히 불러낸다

별들은 모두 잠들어야 내려오나 보다
밤하늘을 온통 별들이 점령했다
별들과 한참을 놀다 보니
어느새
새벽달이 능선 위에 걸터앉아 있다
그대
천천히 오시라
그러나
너무 늦지는 않게

봄빛으로 오시는 이여

오월의 햇살은
손등에 내려앉아 웃는다
먼지 낀 마음에
한 줄기 빛이 되어 쏟아진다
새하얀 햇살은
파아란 새싹을 감싸 안고
봄빛 아래 들꽃들은 빛나누나
햇살 아래 빛나는 꽃들은
아!
눈부셔라 눈이 멀 것만 같구나
봄빛으로 오시는 이여

봄빛 여울 안고 달려오는 당신

어둠을 건너온 자만이
사막을 건너온 자만이 만들 수 있는
환한 빛으로 내게 다가온 당신
먼지 앉은 마음에
한 줄기 빛으로 오는 당신
기나긴 겨울의 끝자락에
봄빛 여울 안고 달려오는 당신

맑게 흘러가는 시내같이
내 영혼이 푸르른 날
당신의 이름을 불러 봅니다
당신이 오는 길목
숨죽여 기다립니다
새벽이슬에 머리 감고
과부가 바치던 두 렙돈처럼
전부를 드리는 들꽃이 되고 싶습니다

김소희시,
단풍연가

단풍 연가

붉게 물든 단풍처럼
내 안 가득 붉은 물감을
풀어놓은 그대
물속에 가슴 담근 산자락처럼
내 마음 그대 가슴에 잠기고

불타는 저 산빛
산 밑으로 내달리는 단풍처럼
내 마음도 그대에게 내달리고
숲속을 찾아드는 햇살은
아기 단풍잎에 살포시 떨어져 빛나는데

풀잎처럼 어깨가 닿을 때
우리도 가만히 어깨 둘렀네

서로 섞이는 숨결
새로이 열리는 숲속
붉게 타오르는 연정이여

추억

어두운 창가에
등불처럼 걸린 추억들이
거리마다 가득한데
무청처럼 푸르렀던 젊음도 가고
그대와 앉았던 벤치에
말없이 누운 황혼
싸락싸락 낙엽 굴러가는 소리
싸락싸락 지난날이 굴러가는 소리
오래된 책갈피에 꽂아 둔 은행잎 하나
툭 떨어진다
마음 갈피에 넣어 둔 첫사랑이 되살아난다

김소회시, 추억
SUNGWOON 2011

늦가을의 노래

들꽃 시드는 내음
길가 낙엽 태우는 냄새
우리를 어디론가 이끌어 간다

가랑잎 하나에 쓸쓸함
가랑잎 하나에 고달픔
가랑잎 하나에 채워지지 않은 빈 그릇의 허전함

그리움에 목이 메고 가슴 아프면
그 아픔마저
행복이라 여기게 하소서
그리워할 이마저 없는 빈 가슴보다
행복이라 여기게 하소서

바람, 그리고 탑

바람결에
그대 처음 만난 날
마음속에 다보탑 하나 쌓아 올렸다

바람 따라
그대 떠난 날
천둥 치며 하늘 울더니
그 다보탑 무너져 내렸다

바람처럼
그대 떠난 후
날마다 날마다 허공에 던진 돌
마이산 돌탑 되었다

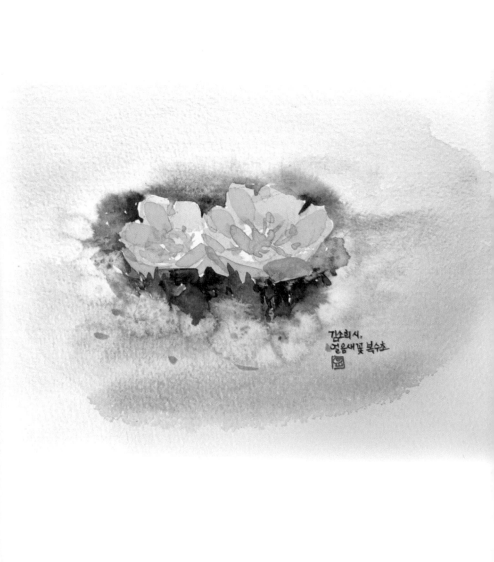

김소희 시,
얼음새꽃 복수초

나뭇가지 끝에 걸린 그리움

이 나이가 되어도 아프다
나뭇가지 끝에 걸린 그리움 때문에
나뭇가지 끝에 걸린 그대 얼굴 같은 저 달 때문에
잎과 이별한 나무도 가슴이 아파 흐느끼고 있는 것이다
가을 햇살 한 줌 살포시 내려앉으며
어깨를 토닥인다
그대 떠난 빈자리 의자 하나 내어놓는다
아픔이 말을 건다
사랑하고 사랑받는 일 외에 모든 것은
배경음악에 지나지 않는다고
그리움은 나를 키우고
이별은 나를 새롭게 한다
지구별 어딘가에 그대 숨 쉬고 있어
그저 바라본다
나뭇가지 끝에 걸린 저 달을

사랑 타령

내가 사랑하는 사람이
나를 사랑하는 것이 최고의 기적이라고
그 누가 말했습니다
그래도
운 좋으면 기적이 온다고
실낱같은 희망을 걸고
사랑 타령 해 봅니다

도저히 그 사람이 아니면 안 되는
그런 사랑이 올까
그대만 있으면 아무 여자도 더 이상
필요 없는 백석의 사랑처럼

이생에서 지금까지 못다 한 사랑을
아직 남아 있는 날들에
로또 사듯 희망을 걸어봅니다

종착역까지 얼마 남지 않은 시간에 기대어
그 기적 같은 사랑을 만날지도 모른다는
헛꿈을 꾸면서
사랑 시만 골라서 주문처럼 외워 봅니다

달달한 헛꿈이라도 꾸어야
험한 세상에 지치고 아픈 가슴 달래고 살지
헛꿈 꾸는 게 남들 눈에도 보이는지
모두 나보고 소녀 같다 말하네
차마 철이 없다 말 못 하고

사랑,
기다리지 않아도 오고
보내지 않아도 떠나가는 것
간절히 원하면 가슴이 멍들고
가만히 있으면 잡히지 않는 그것

구름은 바람 없이 못 가고
인생은 사랑 없이 못 가네

사랑하는 이여

하늬바람
우리 사이에 춤출 수 있도록
너무 가까이 다가서지 말자
영혼의 언덕에
살랑이는 바람 강물처럼 출렁이게 하자

너무 가까이 다가서지 말자
서로의 그늘에서
꽃잎 지듯 조금의 간격을 두자

서로 그리워할 수 있게 여백을 남기고
가끔 가슴 한 켠 비워 두고
때로는 그리움으로
때로는 고요함으로 채워
희망이란 날개 쉬었다 갈 수 있게

아쉬움과 안타까움으로 남을
한구석쯤은
하늬바람 넘나드는 틈이 되게 하라

욕망은 끝이 없으나
영원한 소유 없는 것처럼
인생이란 바람이 아니던가

그리움 짙게 피어오르고

바람의 너울이 나뭇가지 흔들 듯
내 마음 흔들고 떠나간 사람
연못에 구름이 스쳐 가듯이
내 가슴을 스쳐 간 서러운 그림자 하나
내 안 가득 물감을 풀어놓고 떠나간 사람이여

잔잔한 미소로 내게 다가와
깊은 계곡 물소리처럼 내 속을 씻어 내리던 그대
내 심장을 빠르게도 느리게도 조율하던 그대여

영혼을 적신 강물 가슴속으로 흐르고
수꿩의 우렁찬 소리, 휘파람 산새 소리에
그리움 짙게 피어오르고
그리움으로 붉게 타버린 산노을이여....

어둠이 산기슭에서 뚜벅뚜벅 내려오면
소쩍새 소쩍소쩍 피 토하는 소리에 가슴 저미네
어디로 가든 그대에게 이르는 길
온 세상으로 다 이어진 길
흰 구름 흘러가듯
당신을 향해 흘러가게 하소서

그대

그대가 내게로 왔을 때
온 세상이 내게로 왔습니다
온 세상이 내 것 같았습니다

그대가 등을 돌렸을 때
온 세상이 등을 돌린 것 같았습니다
온 세상이 나를 버린 것 같았습니다

그대는 온 세상을 오게도 하고
가게도 하십니다

바람 부는 날

시린 가을 물소리 빈들에 차고
바람 부는 날
안개구름 타고 떠난 그대

저
골짜기를 단숨에 휘돌아
그대는 가고
바람 같은 그대 찾으러
길을 나섰다가
바람 속에서 까마득히 길을 잃었다

바람은
길이 없어도 왔다가 가건만
나는 길을 잃고 길 위에 서 있다
바람과 바람 사이에서
가랑잎처럼 휘날리고 있다

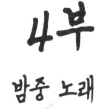

4부

밤중 노래

김소희 시, 내 고향 하늘
SUNG WOON 2011

주여 슬픔 크옵니다

주여, 슬픔 크옵니다
낳아 주신 어버이 떠나가시고
사랑하는 친구마저 떠나가려 하옵니다
마음은 비어서 찬바람에 쓰라린데
낙엽 진 나무처럼 초라한 모습으로 하늘을 보옵니다

주께서 주신 모든 것 취하여 가심은
더 큰 것 주시기 위함인 줄 아오니
주시는 그날까지
잠잠히 기다리게 하옵소서

하오나
주여, 슬픔 크옵니다
낳아 주신 어버이 떠나가시고
사랑하는 친구마저 떠나가려 하옵니다

낙엽 지는 이때에
별이 지는 이때에
주여! 슬픔 크옵니다

김소희 시, 오늘 아침
SUNGWOON 2011

오늘 아침

오늘 아침
당신 발아래 나아갑니다

옥합을 깨뜨린 마리아의 심정 되어
작은 옥합 하나 들고
눈물 젖은 눈으로
당신 발아래 나아갑니다

전에는 미처 몰랐습니다
마리아가 옥합을 깨뜨려 향유를 붓고
머리털로 닦은 까닭을

그러나
오늘 아침
당신의 그 깊은 사랑 알 것 같습니다

이제는
눈물 젖은 눈으로
작은 옥합 하나 들고
당신 발아래 나아갑니다

밤중 노래

사망의 음침한 골짜기에서
손 내미신 우리 주님
기가 막힐 웅덩이와 수렁에서
건져 주신 우리 주님

그 옛날
홍해를 가르셨던 그 손길로
생애의 홍해를 가르시고
소원의 항구에 이르게 하시었네

놀라워라 다함 없는 주의 사랑
놀라워라 다함 없는 주의 은혜

캄캄한 밤중에 노래하게 하시니
찬란한 아침에 찬송하리로다

고난 예찬

고난의 눈물이 나를 깨끗게 하네
고난의 아픔이 나를 겸손케 하네
고난의 괴로움이 인생을 깊게 하네
고난의 쓰라림이 형제애를 알게 하네

고난의 핍박이 가슴을 넓게 하네
고난의 형벌이 자유를 알게 하네
고난의 외로움이 십자가를 보게 하네
고난의 상처가 영혼을 향기롭게 하네

고난으로 인하여 거듭 태어나니
고난도 축복임을 나 이제 알았네
운명처럼 다가온 고난도
어느새 친구 되어 함께 걸어가고 있네

하나님의 도리깨질

두드리고 내려치신다
밟고 깨뜨리고 상하게 하신다
벗겨 내고 또 벗겨 내고
잘게 부수신다

빵이 되고
포도즙이 되고
향수 되게 하시려고

초라하게 만들고 비참하게 만드신다
억울하게 만드시고 실패하게 하시고
밑바닥까지 내려가게 하신다

죽음을 통하여 삶을 얻고
버림을 통하여 귀한 것을 얻고
깨어짐을 통하여 쓰임 받고
부서짐을 통하여 알곡 되게 하시려고

별 하나 고이 묻으신 당신

무심한 바람 불어와
벼랑 끝으로 내몰린 삶
온 밤 뒤척이며
별빛에 쏟아놓은 눈물 한 가슴

백자 항아리마냥 텅 비인 마음에
유령 같은 슬픔이
저만치서 달려와 강물처럼 흐르고
가슴 저미는 아픔이 파도처럼 일렁일 때
온 밤을 지키는 촛불 하나
어둠의 심지를 바작바작 태우네

쌀쌀한 새벽
안개 자욱한 슬픔의 마음 밭에
별 하나 고이 묻으신 당신
말씀의 별 하나
꼭꼭 박아 놓았네

고난의 터널

주님은
인생길에 고난의 터널을 만드셨다
비 온 뒤에 무지개를 보듯이
기쁨 더해 주시려고

주님은
인생길에 군데군데
고난의 터널을 설치하셨다
햇볕만 내리쬐는
쓸모없는 황무지 될까 봐

주님은
인생길에 여기저기
고난의 터널을 숨겨 두셨다
고난의 밭을 갈아
아름다운 열매 맺으라고

그리고
우리 주님은
사막에 오아시스 숨겨 두듯이
고난의 터널 끝에 축복 숨겨 두셨다

나는 죄인

말씀을 보고 또 보니
나는 죄인
말씀을 듣고 또 들으니
나는 죄인
무릎을 꿇고 또 꿇으니
나는 죄인
당신께로 더 가까이 가니
나는 죄인
입술도 눈도 귀도 부정한
나는 죄인

가을의 기도

찰랑이는 달빛 하나에도
휘청대던 날이 있었지요

하늘이 무너져 내리는
슬픔을 머리에 이고
힘겨워한 날도 있었지요

낯설던 행복이
이제는 가까이 다가와
정결한 식탁에 소망을 차립니다

이 가을엔
소리 없이 익어가는 가을 열매처럼
겸허하게 하소서

해 저문 들녘에
말없이 엎디어 있는 볏단처럼
온전히 드리게 하소서

산길 따라 피어 있는 산국처럼
가슴을 파고드는
향기로운 사람 되게 하소서

가슴에 맺힌 응어리 풀어지게 하시고
남의 아픔에
그 아픔을 낳게 한 것들에게서
눈 돌리게 하소서

김소희시, 가을의기도
SUNGWOON 2011

내 고향 하늘

하늘엔
맑고 푸른 저 하늘엔
내 고향 유리 바다가 있네
그리고 나룻배 되어 한가로이 떠도는 달이 있다네

안개꽃 아지랑이 피어오르던 날엔
고향의 방울새도 날아오르고
내 마음 따라서 친구 집에 건너가던
일곱 빛깔 무지개다리가 있다네

그 무지개다리에 걸터앉아
조약돌 같은 내 꿈을 주워 치마폭에 담고는
구름이 그려 놓은 언덕에 앉아
하나씩 하나씩 개울물에 던져 보았네

그러면
내 꿈은 빨강, 노랑, 파란색 별이 되어
보석처럼 하늘 개울에 박혀 버렸네
별이 되어 빛나는 내 꿈은
오늘 밤도
하늘 유리 바닷가에 보석으로 박혀 나를 부르네

두고 온 내 고향
저 하늘 언덕엔
타고 놀다 두고 온 황금 털의 사자와
뒹굴며 같이 놀던 어린 양이 있다네

가고 싶은 내 고향
저 하늘엔
때때로 가슴이 벅차오르는
그리운 우리 집이 있다네
우리 집이 있다네

주님은 비가 되어 오시네

주님은
무더운 한여름 밤에 쏟아지는
소낙비처럼 그렇게 오시네
그렇게 오신 주님은
내 마음의 갈증을 채워 주시고
지친 마음에 신선한 충격이 되시네

내 마음의 먼지를 쓸어 가시고
생명의 물로
출렁이는 호수 되게 하시네
물오른 나무처럼
내 영혼을 소생시키시고
내 모든 문제에 열쇠가 되시네

주님은 우리 주님은
때론 봄비 되시어 내게 오시네
조용히 잔잔한 미소로 그렇게 다가오셔서
잠든 내 영혼을 깨우시고
환한 미소로 꽃 피우게 하시네

꽃이 꽃이 되게 하시고
나무가 나무 되게 하시는 주님은
봄비 되어 그렇게 다가오셔서
나에게 인간됨을 알게 하시고
그로 인한 행복과 기쁨을 알게 하시네

낙엽 지는 가을에
가을비로 오시는 주님은
내게 다정한 친구 되어 주시고
내 가슴 깊숙이 젖어드는
그리움에 함께 젖어드시네
그리하여 시작도 끝도 없는 나그넷길
동무 되어 함께 가시네

시시때때로
내 영혼에 비가 되어 오시는 주님은
내게 일용할 생수 되어 오시고

빗방울을 무지개로 변케 하시는 주님은
내 문제에 놀라운 해답 되어 오시고

빗방울이 눈이 되게 하시는 주님은
내 영혼의 모든 죄악을 덮으며 오시네

이렇게 끊임없이
비가 되어 오시는 주님은
구름 저편 뒤에 빛나는 태양으로 계심을
나는 알고 있네

김순희 시, 주님은 비가되어오시네
SUNG WOON 2011

주여, 비옵나니 (1)

오! 주여
온전히 당신의 것으로 나를 취하소서
나를 이끄시고 나와 함께 하소서
내가 계획을 세울지라도
인도하시는 분은 당신이십니다

내 마음에 늘 계시어
새로 열리는 날들을 축복하소서
나의 만남에 축복하시고
꿈차고,
힘차고,
알차게 살도록 하소서

내게 일용할 양식을 주시어
이웃에게 손 벌리지 않게 하소서
오늘을 살아갈 지혜 주시고
내일을 극복할 용기 주소서

세상의 문제가 되기보다는
해답이 되게 하시고
도움을 받기보다는
도와주는 자가 되게 하소서
이웃의 고통 듣게 하시고
내 인생에 내리는 빗소리를 듣게 하시고
무엇보다 주의 음성을 듣게 하소서

내 안에 가득한 욕망 비우시고
때때로 밀려오는 근심의 물결 몰아내소서
그리하여
주의 것으로 가득 차게 하시고
주의 것으로만 출렁이는 물결 이루어
넘쳐흐르는 작은 호수이게 하소서

김소연, 주여 비옵나이
SUNGWOON 2011

주여, 비옵나니 (11)

주여,
인간이 약속을 저버릴 때
난 당신의 변함없는 약속을 기억합니다
내게 빈곤이 몰려올 때
난 하늘 창고의 풍요함을 생각합니다
의리를 지키면 배신을 당하고
관용을 베풀면 이용을 당하고
믿음을 주면 속임을 당합니다

주여,
이 모든 것을 만날 때
좌절하지 않게 하시고
더욱더 하늘을 사모하게 하소서

빗방울을 무지개로 변케 하시는 주님
이 모든 것을 통하여 교훈 주시고
단련시키시어 정금 같이 되게 하시고
무엇보다
온유와 겸손의 가르침 주시옵소서

당신의 침묵 (1)

당신의 오랜 침묵은
내겐 고통이었습니다
대답 없는 당신은
내겐 아픔이었고 안타까움이었습니다

그러나
당신의 침묵 속에서
인내를 배웠고
기다림도 배웠습니다

당신의 침묵은
가슴을 깊게 하고, 넓게 하고
그리고
쑤욱 자라나게 하셨습니다
이제 눈물을 닦고 뒤돌아보니
아!
그건 당신의 사랑이었습니다

침묵 (11)

침묵은 소리 없는 웅변
안으로 안으로 충만해지는 일
만물이 영그는 인내의 시간
마음 깊은 우물에서 물을 길어 올리는 일
깊은 바다에서 보석을 건져 올리는 일

침묵은 축복
깊은 만남을 향한 인내의 걸음
영혼의 메아리가 울리는
수묵화처럼 텅 빈 공간

그대는 아는가
꽃망울의 침묵을
침묵의 끝에 터뜨린 그 기쁨을

꽃들도 열매도
오랜 침묵 끝에 피어나고 생겼나니
그대여
침묵을 두려워 말라
침묵은 축복과 은혜의 시간이니

침묵 (III)

노을빛은 장엄한 침묵의 세계
삶의 끝이 그러한 노을이라면
노을처럼 온 하늘을 곱게 물들이다
해처럼 침묵할 수 있다면
영혼의 새암에서 퍼올리는 맑은 시를 쓰다가
시처럼 살다 갈 수 있다면
들판을 적시며 흐르는 강물처럼
영혼을 적시다가 바다에서 침묵할 수 있다면

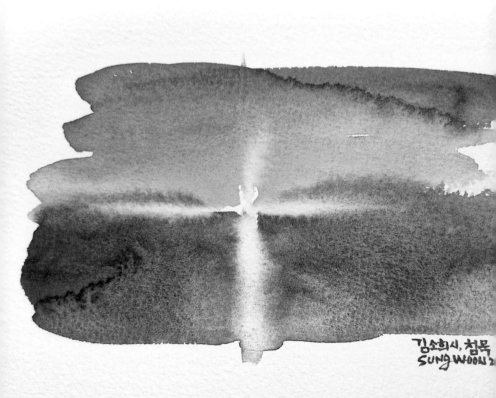

김소희시, 침묵
SUNG WOON 2

내가 고통받기 전에는

주님 당하신 고통 깨닫지 못했습니다
주님의 크신 사랑 깊이 느끼지 못했습니다
내가 고통받기 전에는

고난 중에 함께 하신 주님
고난이 문제가 아니라
놀라운 기회가 되게 하신 주님

아!
정녕 몰랐습니다
주님이 지신 십자가의 의미를
죄 없이 고난 당하신 그 아픔을 몰랐습니다
겟세마네의 그 외로움을 몰랐습니다
속옷까지 제비 뽑히신 그 아픔을 몰랐습니다
내가 고통받기 전에는 정말 몰랐습니다

나누게 하소서

주여
우리로 하여금 나누게 하소서
사랑을 나누게 하시고
슬픔을 나누게 하시고
기쁨을 나누게 하소서

나누어진 사랑은
가슴에서 가슴으로 흐르고 흘러
강물 되어 흐르리이다
나누어진 슬픔은 엮어지고 엮어져
고리 되어 묶어지리이다
나누어진 기쁨은
가슴마다 채우고 분수 되어 터지리이다

주여
우리로 하여금 나누게 하소서
우리의 빵을 나누게 하시고
우리의 물고기도 나누게 하소서
그리하여 5+2=12 이 되게 하소서

고통을 나누게 하시고
슬픔을 나누게 하시고
절망을 나누게 하소서
그리하여 우리의 가슴에서
0(제로)으로 남게 하소서

주여
우리의 창고를 열어 두어 퍼내게 하소서
퍼내고 퍼내어도 흘러넘치는 샘물이게 하소서
우리로 하여금 진리를 나누게 하소서
그리하여
우리 모두 영원의 끈으로 하늘까지 닿게 하소서

* 5+2=12 오병이어의 기적으로 물고기 두 마리 보리떡 다섯 개로 많은 사람
을(5,000명) 먹이고도 12 광주리가 남았다는 성서의 계산법

설날에 내리는 눈

눈이 내린다
설날 아침에 축복 같은 눈이 내린다
지난날의 부끄러움 서러움 안타까움 덮어 버리고
새하얀 도화지를 내어 주신다

아!
감사하여라
욕심도 원망도 미움도 다 덮어주시니
모달 이불같이 부드럽고 포근한 함박눈
하늘에서 목화솜이 나풀나풀
내려온다
내리는 눈발이 지난날들을 하얗게 지워 버린다
설날 아침에
새하얀 도화지 한 장 선물로 받다

새해에는

새해 첫 아침에는
맑고 밝은 햇살을 주시옵소서
그리하여
새 옷을 입듯, 새날 아침을 가볍게 하소서
새로운 만남,
새로운 기쁨,
새로운 행복을 느끼게 하소서
새 신을 신고 노루처럼 뛰게 하소서
새로운 지혜와 지식 철철 넘게 부어 주시고
새 하늘과 새 땅을 사모하게 하소서
그리고 무엇보다
새로운 당신의 모습을 보게 하소서